SI J'AVAIS UN TYRANNOSAURE...

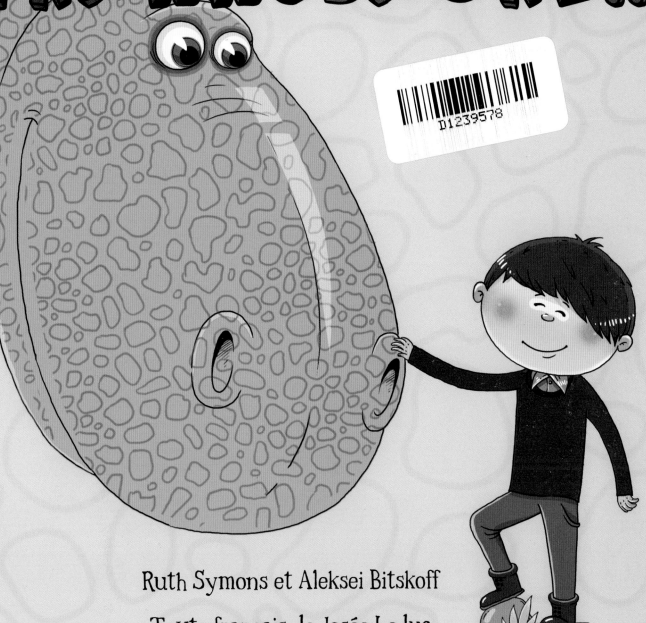

Ruth Symons et Aleksei Bitskoff

Texte français de Josée Leduc

Éditions SCHOLASTIC

Catalogage avant publication de Bibliothèque et Archives Canada

Symons, Ruth

[There's a T-rex in town. Français]

    Si j'avais un tyrannosaure... / auteure, Ruth Symons ; illustrateur, Aleksei Bitskoff ; traductrice, Josée Leduc.

(Si j'avais)

Traduction de : There's a T-rex in town.

ISBN 978-1-4431-3237-4 (broché)

    1. Tyrannosaurus rex--Ouvrages pour la jeunesse. I. Bitskoff, Aleksei, illustrateur II. Titre. III. Titre : There's a T-rex in town. Français.

QE862.S3S9614 2014   j567.912'9   C2013-904252-0

Conception graphique : Duck Egg Blue

Expert en dinosaures : Chris Jarvis

Version anglaise publiée initialement au Royaume-Uni en 2013 par QED Publishing.

Copyright © QED Publishing, 2013.

Copyright © Éditions Scholastic, 2013, pour le texte français.

Édition publiée par les Éditions Scholastic, 604, rue King Ouest, Toronto (Ontario) M5V 1E1 avec la permission de QED Publishing.

5 4 3 2 1   Imprimé en Chine CP141   13 14 15 16 17

Le tyrannosaure ou T. rex était un énorme dinosaure carnivore.

Il vivait sur Terre il y a environ 70 millions d'années, bien avant l'apparition des premiers humains.

Mais imagine qu'un tyrannosaure revienne aujourd'hui! Comment se débrouillerait-il?

Et si tu avais un tyrannosaure comme animal de compagnie?

Un bébé T. rex serait un compagnon parfait.

Petit et DUVETEUX,

il passerait même par la chatière.

Mais quelques années plus tard, ce tyrannosaure serait beaucoup trop gros pour entrer dans ta maison.

Et si le T. rex allait au parc?

Est-ce qu'il agiterait la queue si je lui lançais un disque volant?

Oui, mais pas seulement en signe de joie.

Le tyrannosaure devait secouer
la queue quand il courait parce
que c'était là que se trouvaient...

ses gros muscles.

Et si le T. rex essayait de faire de l'exercice?

Ses petites pattes avant seraient **beaucoup trop** courtes pour faire le poirier.

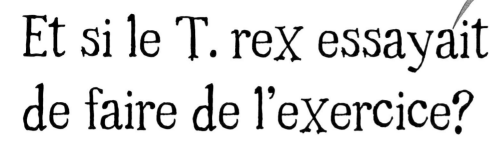

Le tyrannosaure était très rapide. Il parcourait...

8 mètres par seconde.

Il était donc presque 5 fois plus rapide qu'un enfant.

Il excellerait en haltérophilie.
En effet, il pouvait aisément
soulever un poids de
240 kilos, soit

2 hommes
costauds!

Et si le tyrannosaure était **vraiment affamé?**

Et si le T. rex était invité à une soirée pyjama? Apporterait-il sa brosse à dents?

En fait, il n'aurait pas besoin de se brosser les dents.

De nouvelles dents poussaient à mesure qu'il en perdait.

Tout comme un aigle de nos jours, le tyrannosaure pouvait apercevoir un lapin à 5 kilomètres. Cela représente

une file de 500 autobus!

Mais le T. rex serait facile à trouver...

Il existe peu d'endroits

assez grands

pour cacher un dinosaure!

Et si le T. rex aidait au recyclage?

Ses **grands** pieds et sa **puissante** mâchoire seraient très efficaces pour **écraser** les cannettes.

Jamais un animal sur Terre n'a **mordu** aussi fort!

Alors assure-toi que le tyrannosaure a bien compris ce qu'il doit faire!

Et si le tyrannosaure voulait jouer de la flûte?

Ce serait difficile avec

2 doigts

par patte!

Mais le T. rex ferait
un excellent joueur
de tambour.

Le squelette du T. rex

Tout ce que nous savons sur le tyrannosaure provient des fossiles, c'est-à-dire des squelettes enfouis dans le sol depuis des milliers d'années.

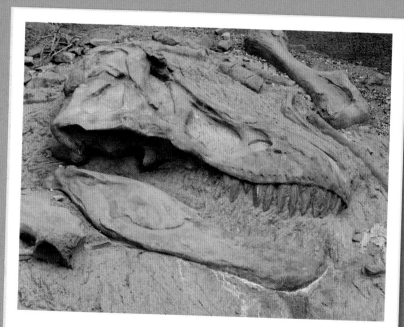

Les scientifiques examinent les fossiles pour découvrir comment les dinosaures vivaient.

Alors nous savons beaucoup de choses sur les dinosaures, même si nous n'en avons jamais vu!

RAYONS X 1192289776981-789

MODÈLE Nº: nx110005206 19571862387

os de la hanche

longue queue épaisse

longues jambes solides

WYOMING, É.-U.
Découverte du squelette le plus complet de T. rex, surnommé « Sue » – 2001

ALBERTA, CANADA
Fossile découvert – 1980

SASKATCHEWAN, CANADA
Découverte d'un squelette fossile, surnommé « Scotty » – 1991

MONTANA, É.-U.
Découverte d'un crâne partiel de T. rex – 1902

NOUVEAU-MEXIQUE, É.-U.
Découverte d'empreinte de T. rex – 1983

COLORADO, É.-U.
Découverte de dents de T. rex – 1874

WYOMING, É.-U.
Découverte du premier squelette de T. rex fossile – 1900

PASSEPORT

Tyrannosaure roi

SIGNIFICATION DU NOM
« ROI DES LÉZARDS TYRANS »

POIDS 6 TONNES

LONGUEUR 12 MÈTRES

HAUTEUR 4 MÈTRES

HABITAT FORÊTS, BROUSSE

ALIMENTATION GRANDS ANIMAUX

234876360269697833734

T<REX<<TYRANNOSAURE<<<<<<<<<<<<34263954302375<<<<<<<<<<<48273526291083546>>>>>>>>